日本一短い手紙

「笑顔」

令和二年度の第二十八回 一筆啓上賞「日本一短い手紙『笑顔』」（福井県坂井市・公益財団法人丸岡文化財団主催、株式会社中央経済社ホールディングス・一般社団法人坂井青年会議所共催、日本郵便株式会社協賛、福井県・福井県教育委員会・愛媛県西予市、住友グループ広報委員会特別後援）の入賞作品を中心にまとめたものである。

同賞には、令和二年六月三日～十月三十一日の期間内に五万二八〇五通の応募があった。令和三年一月二十八日に最終選考が行われ、大賞五篇、秀作一〇篇、住友賞二〇篇、坂井青年会議所賞五篇、佳作一二〇篇が選ばれた。同賞の選考委員は、小室等、佐々木幹郎、夏井いつき、宮下奈都、平野竜一郎の諸氏である。

本書に掲載した年齢・職業・都道府県名は応募時のものである。

目次

入賞作品

大賞

［日本郵便株式会社　社長賞］

「お母さん」へ

「貴女《あなた》は親切《しんせつ》ね。
優《やさ》しくていいお母《かあ》さんに育《そだ》てられたのね。」
私《わたし》は、お母《かあ》さんの娘《むすめ》ですよ。

伊藤 磨理子
神奈川県 68歳

認知症の症状が進む母とのやりとりです。
ほめてもらってうれしかったことを母に伝えたいです。

一筆啓上「お母さん」へ

「貴女は親切ね。優しくていいお母さんに育てられたのね。」私は、お母さんの娘ですよ。

「夫」へ

結婚式《けっこんしき》で白無垢綿帽子《しろむくわたぼうし》の私《わたし》に、
満面《まんめん》の笑《え》みで
「リアルオバQ」って言《い》ったの
忘《わす》れないから

今でも結婚式の写真をみると思い出します。

佐藤　浩子
新潟県　49歳

一筆啓上「夫」へ

結婚式で白無垢《しろむく》綿《わた》帽子《ぼうし》の私に、満面の笑みで「リアルオバQ」って言ったの忘れないから

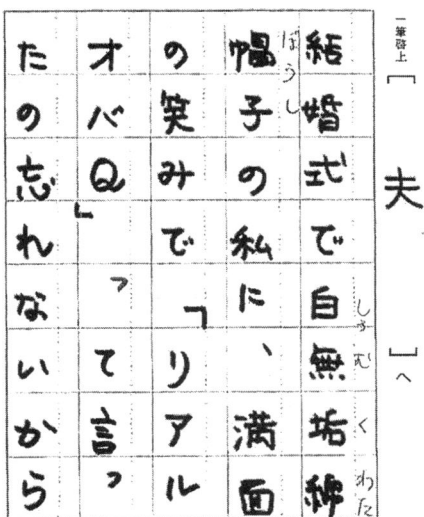

「自分」へ

説教中《せっきょうちゅう》、
親《おや》を笑顔《えがお》で見《み》つめたら
もっと怒《おこ》られました。
もう私《わたし》は天使《てんし》ではないようです。

赤子の頃の私は、とてつもなく可愛いかった。ひとたび笑えば、黄色い歓声があった。いつからだろうちゃんと怒られるようになっていた。その切ない思いを書いた。

上田　泰守
神奈川県　15歳　高校1年

一筆啓上

「自分」へ

説教中・親を笑顔て見つめたらもっと怒られました。もう私は天使ではないようです。

「おかさん」へ

手紙《てがみ》読《よ》むのが楽《たの》しみと
笑顔《えがお》見《み》せ言《い》うてくれたけ、
切手《きって》十枚《じゅうまい》また買《こ》うた。
途中《とちゅう》で逝《い》くなや。

福田 栄紀
岩手県 63歳 会社員

一筆啓上

「おかさん」へ

手紙読むのが楽しみと笑顔見せ言うてくれたけ、切手十枚また買うた。途中で逝くなや。

「こどもたち」へ

迷《まよ》ったら、
笑顔《えがお》がうまれる方へ、
進んで下さい。

人生は、選択の連続。楽な方へにげろって事ではなく、結果的に、自分はもちろんまわりの人も笑顔になる方へすすんでほしいなと母としては思うので。

嶋﨑 有子
栃木県 52歳 パート

一筆啓上

「こどもたち」へ

迷ったら、笑顔がうまれる方へ、進んで下さい。

大賞選評

選考委員　佐々木　幹郎

今回の「笑顔」というテーマ、みなさん最初は書き易いと思ったのではないでしょうか。しかし笑顔という言葉だけを文章に入れて書こうとすると、通り一遍になったと思います。笑顔にはそれを取り巻く周囲の環境があって、物語があります。その物語に意外性があって、通り一遍を蹴飛ばす力がないと読者はついてきません。大賞となった伊藤さんの作品は、毎日の介護のなかで笑うことがどれだけ大切なのか、その双方のやりとりを描いて素晴らしい。一方向ではなく双方向の笑顔であることが大事だと教えてくれます。介護の要点ですね。次の佐藤さんの作品は、結婚式で「リアルオバQ」と言われて絶対忘れない、という少々怒りの笑い話。爆笑を誘います。次に上田さんの作品。一筆啓上賞では、宛先が「自分」となっているものはできるだけ採用しないようにしているのですが、「もう私は天使ではないようです」と自分で悟った上田さんは自分に宛てて書く以外なかった。親の顔を「見た」のではなく「見つめたら」という箇所が重要。それまでの可愛いさだけでは済まない大人になっていることの確認が面白い物語になっています。次の福田さんの作品は、方言で書かれていてそれがリアリティを増しています。「途中で逝くなや」という表現。これは宛先の母親がすでに亡くなっている又は、まだ生きているという二つの読み方ができますが、亡くなっている場合は切実ですね。わたしはどちらの読み取り方があっても良いと思いますが、方言で手紙を書くということでお母さんへの愛着感が強く出ています。最後に今回のテーマの趣旨は何かと、短い言葉で手紙にして下さったのが嶋崎さんです。笑顔の物語の行先を、迷ったら「笑顔のうまれる方へ」と言うのは、人間の生き方を示しているでしょう。ふり返ると今回の大賞作品はどれも見事で、選考会での討議も面白かった。ぜひ贈呈式でみなさんとお会いしたいと思っています。

（入賞者発表会講評より要約）

秀作

［日本郵便株式会社　北陸支社長賞］

「白内障手術後の患者様」へ

手術後《しゅじゅつご》の皆《みな》さんの笑顔《えがお》が大好《だいす》きです。
手術前《しゅじゅつまえ》の担当《たんとう》の若《わか》い子《こ》は
とお探《さが》しされますが私《わたし》です

手術の翌日に眼帯を外すと皆さん、「良く見える!!世界が変わったみたい!!」と嬉しそうに笑顔で話されます。その笑顔が私達看護師のパワーの源です。手術前には濁っていた視界が手術後にははっきり見えているのですね（笑）手術大成功です（苦笑）

波多野 瑞穂
埼玉県 41歳 看護師

一筆啓上 「白内障手術後の患者様」へ

手術後の皆さんの
笑顔が大好きです
。手術前の担当の
若い子はとお探し
されますが私です

「36歳になった娘」へ

風呂場《ふろば》より貴女《あなた》とパパの笑《わら》い声《ごえ》。
無事《ぶじ》に過《す》ごせた一日《いちにち》を
ママは笑顔《えがお》とタオルで迎《むか》へます。

福島　れい子
和歌山県

現在36歳の娘は2才の時「ヘルペス脳炎」にかかり、重度の障害者になりました。命があっただけでも幸せです。夫と二人三脚の日々はまだまだ続きそうですが、心豊かに生活していきたいと思っています。

一筆啓上 「36歳になった娘」へ

風呂場より貴女と
パパの笑い声。無
事に過ごせた一日
をママは笑顔とタ
オルで迎へます。

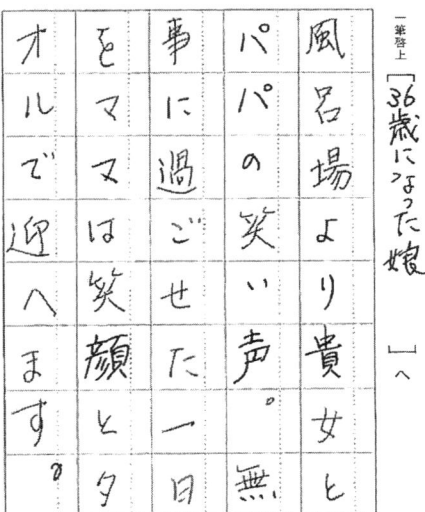

「おばあちゃん」へ

傘《かさ》の下《した》は晴《は》れじゃと、
どしゃ降《ぶ》りの中《なか》を
笑顔《えがお》で出《で》かけるその姿《すがた》に
勇気《ゆうき》をもらっています。

浅井　世津
兵庫県　55歳　自営業

一筆啓上

「おばあちゃん」へ

傘の下は晴れじゃと、どしゃ降りの中を笑顔で出かけるその姿に勇気をもらっています。

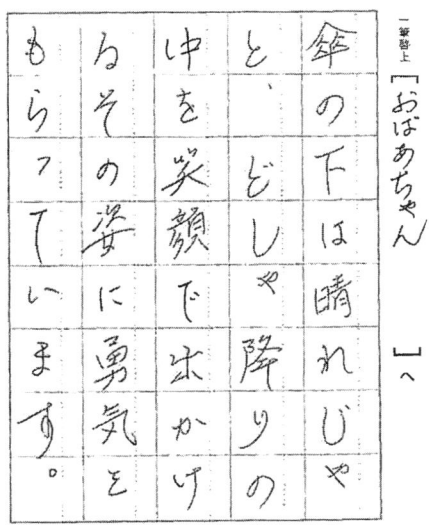

「自分」へ

出場《しゅつじょう》した大会《たいかい》で一人《ひとり》だけ
予選通過《よせんつうか》できなかったね。
笑顔《えがお》でおめでとうが言《い》えて凄《すご》いよ。

定谷　朋佳
東京都　大学1年

一筆啓上 「自分」へ

出場した大会で一人だけ予選通過できなかったね。笑顔でおめでとうが言えて凄いよ。

「八十五才の夫」へ

笑顔《えがお》で手《て》をつないで歩《ある》くと
二十才《にじゅっさい》若《わか》く見《み》えるそうよ。
今日《きょう》暗《くら》くなったらやってみようね。

静岡県

牧田　美和子

主人は大のテレや。でも、人が良いと言われることは、実行する方。
薄暗い時に始めてだんだん馴れる様頑張りたいです。

一筆啓上

「八十五才の夫」へ

笑顔で手をつないで歩くと二十才若く見えるそうよ。今日暗くなったらやってみようね。

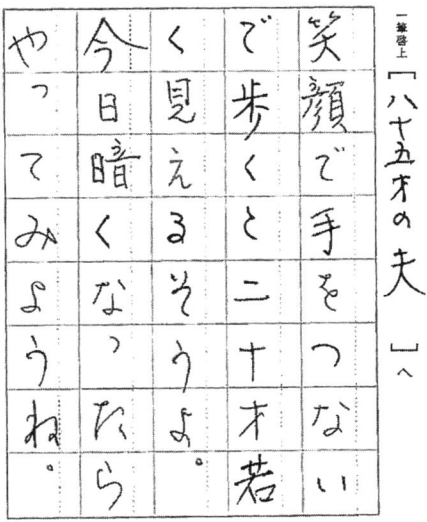

「妻と子供たち」へ

遺言《ゆいごん》。
俺《おれ》の無形文化遺産《むけいぶんかいさん》、
「この笑顔《えがお》」は、
均等《きんとう》に相続《そうぞく》すること。

相続・贈与のセミナーに出席後、ふと頭に思い浮かびました。

長坂 均
埼玉県 64歳 会社員

一筆啓上

「妻と子供たち」へ

遺言。俺の無形文化遺産、「この笑顔」は、均等に相続すること。

「僕」へ

愛想笑《あいそわら》いが止《と》まらない。
あくびでしか涙《なみだ》が出《で》ない。
本当《ほんとう》の僕《ぼく》は一体何処《いったいどこ》にいるんだろう。

笑顔が強要される世の中、今回の題材でもある笑顔は求められ涙に拒否される。
そんな世の中の形に必死にすがろうと、自分を見失って生きている少年を描きました。

杉下 和輝
熊本県 15歳 中学校3年

一筆啓上

「僕」へ

愛想笑いが止まらない。あくびでしか涙が出ない。本当の僕は一体何処にいるんだろう。

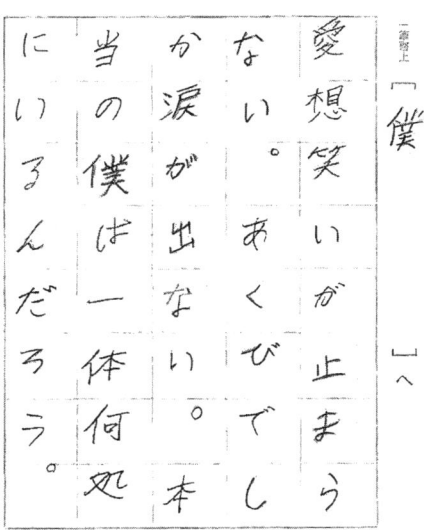

「娘・彩（あや）」へ

遠《とお》く迄《まで》有難《ありがと》う
アクリル板《ばん》越《ご》しの貴女《あなた》の笑顔《えがお》
涙《なみだ》で霞《かす》むけど絶対《ぜったい》忘《わす》れない
もっと笑《わら》って私《わたし》の彩《あや》

前澤　恵子
神奈川県　64歳

一筆啓上

「娘・彩(あや)」へ

遠く迄有難うアクリル板越しの貴女の笑顔涙で霞《かす》むけど絶対忘れないもっと笑って私の彩《あや》

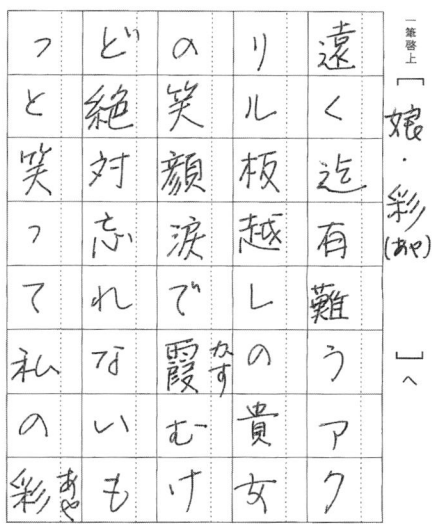

36

「天国のお父さん」へ

人生《じんせい》最高《さいこう》の笑顔《えがお》が、
孫《まご》と娘《むすめ》に挟《はさ》まれた瞬間《しゅんかん》だったなんて。
泣《な》かせないでよ。遺影《いえい》選《えら》びで。

四年間の闘病生活を経てこの夏旅立った父。葬儀の準備中、遺影選びをしていたら、最高の笑顔は私と娘と一緒のスナップ写真でした。その表情から私達がどれだけ愛されていたのかが伝わってきて思わず泣いてしまいました。親っていいもんです。

酒井 美百樹
東京都 47歳 ミュージシャン

一筆啓上

「天国のお父さん」へ

人生最高の笑顔が、孫と娘に挟《はさ》まれた瞬間だったなんて。泣かせないでよ。遺影選びで。

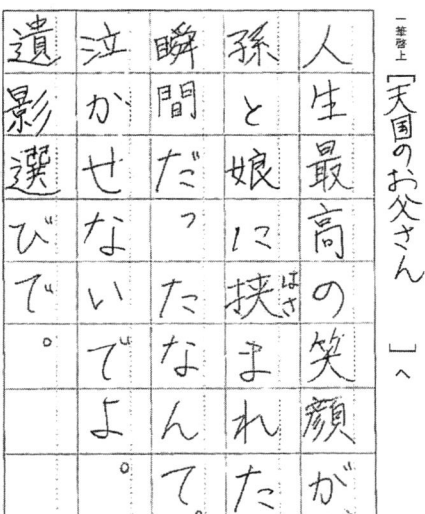

「四十年連れ添う妻」へ

沢庵《たくあん》繋《つな》ったままやし
息子《むすこ》を猫《ねこ》の名前《なまえ》で呼《よ》ぶし
口《くち》あけて寝《ね》てるし
いっつも笑顔《えがお》やし
ありがと

赤城 嘉宣
大阪府 67歳 自営業

四十年連れ添う妻へ

沢庵繋ったままやし
息子を猫の名前で呼ぶし
口あけて寝てるし
いっつも笑顔やし
ありがと

秀作選評

選考委員　宮下　奈都

今回、秀作はとても豊作でした。5万2千通もある手紙の中の10通。価値ある秀作だと思います。波多野瑞穂さんの作品は、5人の選考委員中3人がA評価を付けていました。3人がA評価を付けたのは、5万2千通の中でこの一通だけです。読むだけでくすくす笑ってしまいます。作者のユーモアや余裕や可愛らしさが滲み出て、みんなに愛される手紙だと思いました。福島れい子さんの作品は、障害のあるお嬢さんとパパの笑い声をお風呂の外で聞いて待っている。そんなママの笑顔のひとときが描かれています。無事に一日を過ごせたありがたさが何よりもかけがえのない事だと気づかせてくれる、しみじみと胸に沁みる手紙でした。浅井世津さんの作品は、おばあちゃんの気丈さや働き者の姿、同時にまた、その姿を見守っている作者の温かさが伝わってくる手紙です。

傘の下は晴れじゃ、というひとことが力強く、どしゃ降りとの対比が鮮やかで魅力的でした。定谷朋佳さんの作品には、書かずにいられなかった強い動機を感じました。宛先が「自分へ」というのは手紙としてどうか、という議論があったのですが、この作品では「自分へ」が非常に生きています。自分に宛てた手紙の中でだけ、ひそかに書くことのできた言葉だったと思います。短い手紙の中に、物語がぎゅっと詰まっていました。牧田美和子さんの作品は、ほのぼのと愛おしい情景が見えてくる手紙でした。選考委員の間で、この奥さんは何歳なんだろうという話にもなりました。もしかして年齢を書かなかった所までが作者の意図だったんじゃないか、と思わせる深みのある作品です。

今年は、例年よりも秀作候補として残った数が多くて、時間をかけて丁寧に議論しつつ選考しました。激戦を勝ち抜いた10通です。いろんな手紙の書き手がいて、宛先があって、手紙という文化のおもしろさをあらためて感じました。

（入賞者発表会講評より要約）

秀作選評

選考委員　夏井　いつき

今回の選考は素晴らしかった、と佐々木さんが自画自賛なさっていましたが、改めて満足した選考でした。

長坂さんの作品ですが、「遺言」という言葉から始まります。おそらく遺言と言ったものの残す物がなかったんだろうと思うんです。ではどうするかと思い、俺の無形文化遺産と書いてみるんですよ。そして、その無形文化遺産は「この笑顔」だって自分の笑顔を自画自賛する。均等に笑顔を相続して生きてくれよなんていうと、金は無いけど良い父ちゃんではないかと、この均さんにお会いしたいなと思いました。次に杉下さんの作品ですが、この方は客観的に物事を見ている。愛想笑いが止まらない。あくびでしか涙が出ない。この二つの自己認識の後に「本当の僕は一体何処にいるんだろう」最後の一文は、誰もが思春期の頃に通る永遠の問いではないかと思います。今回のテーマは、ほのぼのとした作品が多かったですが、自問自答という一つのポジションがあっても良いのではと感じました。

次に前澤さんの作品ですが、句読点も使わず、字数をいっぱい使って、自分の感情をぎゅうぎゅうに押し込んでいる切迫感。この方の切迫した状況の想いの作品には勢いがありました。次に酒井さんの作品です。最初は凡人の発想だと思ったんですが、最後の「泣かせないでよ。遺影選びで」のここですね。「遺影選びで」という状況下が出た瞬間に心を打たれました。最後に赤城さんの作品です。小室さんに「女性陣は腹が立たないのか」と言われまして、私達、なつなつコンビは心の奥行の深い女性陣なんです。本当のことは受け入れるしかないわけですがこの作品の仕掛けは、最後です。「いっつも笑顔やし」って照れながら、さらに大照れで「ありがと」という4文字。夫は、こんなに色々と書かないと「ありがと」と言えないんだな、と新たに夫婦の年月というのが出て来るわけですね。私はこの夫婦に心から会いたいと思いました。

（入賞者発表会講評より要約）

住友賞

「ばあちゃん」へ

ポチ袋《ぶくろ》の厚《あつ》みの正体《しょうたい》に、
思《おも》わず笑《わら》ってしまいました。
ばあちゃん、お守《まも》りありがとう。

柿﨑　由純
埼玉県　13歳　中学校2年

「ばあちゃん」へ

ポチ袋の厚みの正体に、思わず笑ってしまいました。ばあちゃん、お守りありがとう。

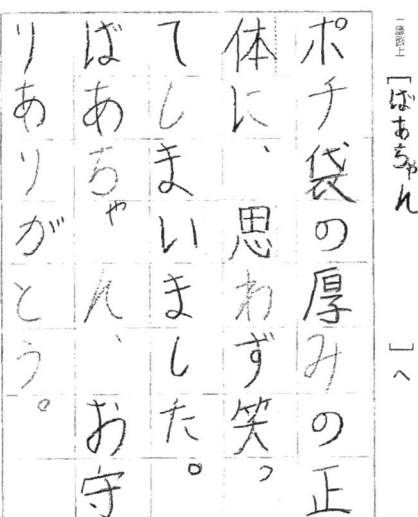

「退職した夫」へ

一筆啓上《いっぴつけいじょう》
笑顔《えがお》枯《か》らすな　銭《ぜに》残《のこ》せ

大石　さち子
神奈川県　63歳　主婦

退職した夫へ

一筆啓上

笑顔枯らすな　銭残せ

「自分」へ

笑顔《えがお》はお金《かね》で買《か》えないはずなのに、
どうして給料《きゅうりょう》もらって
ニコニコするんですか。

初給料は自分が笑顔になる物につかいました。

半澤　鈴之介
福井県　16歳　高校1年

一筆啓上

「自分」へ

笑《え》顔《がお》はお金《かね》で買《か》えないはずなのに、どうして給《きゅう》料《りょう》もらってニコニコするんですか。

「母」へ

僕《ぼく》が失敗《しっぱい》した時《とき》

「やったね！成長《せいちょう》するチャンス！

おめでとう！」

踊《おど》る母《はは》に大笑《おおわら》いしたよ。

保田　健太
神奈川県　26歳

母へ

僕が失敗した時
「やったね！成長するチャンス！おめでとう！」
踊る母に大笑いしたよ。

「優しいママ」へ

子供《こども》たちへ
「怒《おこ》らないから言《い》ってごらん」という時《とき》の、
あなたの笑顔《えがお》が一番《いちばん》怖《こわ》い。

古池 勝
富山県 50歳 会社員

一筆啓上

「優しいママ」へ

子供たちへ「怒らないから言ってごらん」という時の、あなたの笑顔が一番怖い。

「世間の皆様」へ

息子《むすこ》が笑《わら》って
独《ひと》り言《ごと》を言《い》っている時《とき》は
彼《かれ》の楽《たの》しい一時《ひととき》です。
どうか御理解《ごりかい》下《くだ》さい。

自閉症の息子、文化の違いから理解されにくい所もありますが、彼らの事を知って欲しい。
楽しいと感じている事を素直に表現しているだけなのです。

吉田 純子
大阪府 51歳 主婦

一筆啓上「世間の皆様」へ

息子が笑って独り言を言っている時は彼の楽しい一《ひと》時《とき》です。どうか御理解下さい。

「母」へ

「あんた誰《だれ》」「娘《むすめ》だよ」
毎日《まいにち》の繰《く》り返《かえ》し。
いつも　大笑《おおわら》い。
お母《かあ》さん　長生《ながい》きしてね。

三宅　美知
岡山県　61歳　主婦

母へ

「あんた誰」「娘だよ」

毎日の繰り返し。

いつも大笑い。

お母さん　長生きしてね。

「母ちゃん」へ

お空《そら》から一日《いちにち》だけ帰《かえ》って来《こ》れませんか。
この小《ちい》さな笑顔《えがお》に会《あ》わせたいよ。

林田　美奈子
熊本県　34歳　会社員

亡き母へ　生まれた娘を会わせたい想いを書きました。

一筆啓上「母ちゃん」へ

お空から一日だけ帰って来れませんか。この小さな笑顔に会わせたいよ。

「泣いている君」へ

赤《あか》ちゃんは笑《わら》うのが仕事《しごと》だよ
と君《きみ》の姉《あね》は言《い》う。
これからたくさん仕事《しごと》が待《ま》ってるよ。

三才の娘が、生まれてまだ間もない妹が泣いている時にふと話し掛けた言葉です。
まだ泣くしかないこの子の未来は、姉のおかげで
明るい笑顔に満ちあふれているだろうなと思いました。

小野寺 美文
岩手県 33歳 主婦

一筆啓上

「泣いている君」へ

赤ちゃんは笑うのが仕事だよと君の姉は言う。これからたくさん仕事が待ってるよ。

「息子」へ

笑顔《えがお》スタンプもいいけれど、
たまには返事《へんじ》、文字《もじ》で送《おく》って。

ラインでやり取りするようになり、息子からの返事に文字がめっきり減りました。スタンプもかわいくていいのですが、やはり文で近況などを書いてほしいです。

宅見 春美
兵庫県 63歳 主婦

一筆啓上「息子」へ

笑顔スタンプもいいけれど、たまには返事、文字で送って。

「超絶反抗期の娘」へ

「ママ大好《だいす》き」の無償《むしょう》から
「小遣《こづか》いどうも」と有償化《ゆうしょうか》した
あなたの笑顔《えがお》。成長《せいちょう》の証《あかし》?!

金子 幸栄
福島県 49歳 公務員

一筆啓上 「超絶反抗期の娘」へ

「ママ大好き」の無償から「小遣いどうも」と有償化したあなたの笑顔。成長の証?!

「妻」へ

通帳残高《つうちょうざんだか》に落《お》ち込《こ》む僕《ぼく》を、
笑《わら》う君《きみ》が頼《たよ》りです。
我《わ》が家《や》の貯金箱《ちょきんばこ》は
「笑顔《えがお》」で一杯《いっぱい》です。

お金は無かったけれど、笑顔は無くならなかった。
だから、これからも多分大丈夫だと思っています。

長田 芳文
香川県 63歳 期間雇用社員

一筆啓上

「妻」へ

通帳残高に落ち込む僕を、笑う君が頼りです。我が家の貯金箱は「笑顔」で一杯です。

「ぼくの手と足」へ

水泳《すいえい》のテストにうかったよ。
君《きみ》たちのがんばりのおかげだよ。
うれしくてたまらないよ。

苅谷 湊
京都府 7歳 小学校2年

一筆啓上「ぼくの手と足」へ

水泳のテストにうかったよ。君《きみ》たちのがんばりのおかげだよ。うれしくてたまらないよ。

「友」へ

君《きみ》は知《し》らないだろうけど、
君《きみ》の笑顔《えがお》に励《はげ》まされている人《ひと》が、
知《し》ってるだけでも一人《ひとり》いる。

宮川 慎一郎
福井県 18歳 高校3年

一筆啓上「友」へ

君は知らないだろうけど、君の笑顔に励まされている人が、知ってるだけでも一人いる。

「天国にいるお祖母ちゃん」へ

戦争《せんそう》を生《い》き抜《ぬ》いて来《き》たお祖母《ばあ》ちゃんの、
笑顔《えがお》の裏《うら》にあったもの、
聞《き》いておきたかったな。

いつもニコニコ笑顔だった私の祖母。コロナで日常を失った今、戦争で日常を失った祖母はどんな経験をして何を感じて、なぜそんなに笑顔でいられるのか、ちゃんと聞いておけば良かったと、後悔しています。

田中　彩子
東京都　38歳

一筆啓上 「天国にいる、お祖母ちゃん」へ

戦争を生き抜いて来たお祖母ちゃんの、笑顔の裏にあったもの、聞いておきたかったな。

「新幹線で隣席だったおばあさん」へ

目覚《めざ》めると隣席《りんせき》でにっこりと
うまそうに食《た》べてたみかん、
あれ僕《ぼく》のだったんですよ。

山下 真宏
兵庫県 68歳

「新幹線で隣席だったおばあさんへ」
目覚めると隣席でにっこりとうまそうに食べてた
みかん、あれ僕のだったんですよ。

「夫」へ

自宅《じたく》テレ会議《かいぎ》で見《み》た夫《おっと》の笑顔《えがお》。
職場《しょくば》ではこんなに笑《わら》っていたの！？
私《わたし》にもその顔見《かおみ》せて！

コロナで導入されたテレワーク。自宅でパソコン越しに職場の仲間と話す夫は、笑顔で愛想がよくて、対人関係の上手そうな社会人でした。私にはしかめっ面なのに。たまには私にも笑ってみせて。

齋藤　直美
東京都　49歳　公務員

一筆啓上
「夫」へ

自宅テレ会議で見た夫の笑顔。職場ではこんなに笑っていたの!?私にもその顔見せて!

「天国のお母さん」へ

コスモスみたいな笑顔《えがお》ねと
言《い》ってもらっていた私《わたし》も七十歳《ななじゅっさい》。
ドライフラワーになりました

松尾　惠美子
宮崎県　70歳　公務員

天国のお母さんへ

コスモスみたいな笑顔ねと
言ってもらっていた私も七十歳。
ドライフラワーになりました

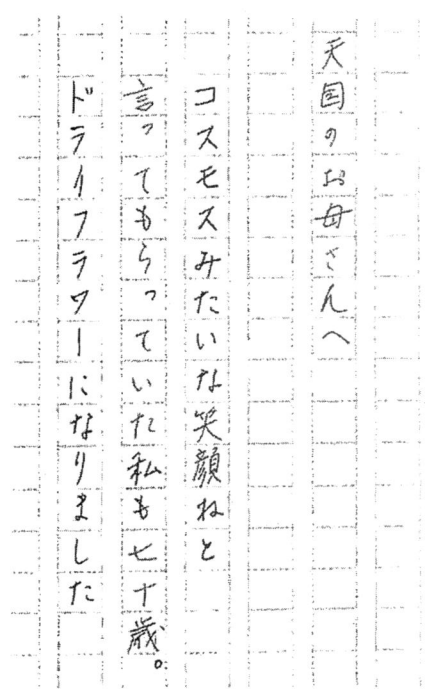

「お父ちゃん」へ

家族《かぞく》の笑顔《えがお》を守《まも》る為《ため》に
外《そと》では笑顔《えがお》になれない日《ひ》もあるんやろ。
ありがとう。

辰田 香苗
大阪府 56歳 主婦

お父ちゃんへ

家族の笑顔を守る為に外では笑顔になれない日もあるんやろ。ありがとう。

「長年の飲み友達」へ

通夜《つや》の場《ば》は　遺影《いえい》の君《きみ》だけ　いい笑顔《えがお》

おそらく通夜の場は、悲しみに沈んでる場合が多いはず。
しかし友人の遺影だけはスポットライトが当たってる何時もの明るい笑顔の君だった

松本　皐月
大分県　81歳

一筆啓上

「長年の飲み友達」へ

通夜の場は
遺影の君だけ
いい笑顔

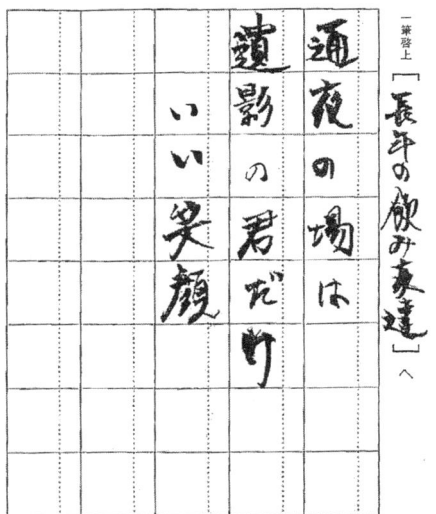

住友賞選評

選考委員　平野　竜一郎

今年も他の選考委員より、色々なアドバイスをいただき、秀作に並ぶような20作品を住友賞に選ばせていただきました。素晴らしい作品を選考させていただき、喜ばしく思います。可愛いらしいものや、心温まるもの、親子や、夫婦、家族の絆が込められたものなど、いずれも作者の想いがあふれる作品となっておりますので、いくつか紹介させていただきます。

一つ目は半澤さんの作品です。「笑顔はお金で買えない」仰る通りです。給料日になるとニコニコしている会社員の自分を思い返しつつ、この16歳の少年にドキッとさせられました。アルバイトで初めて給料を貰った時の嬉しい気持ちを上手く表現されました。次に吉田さんの作品です。障害をお持ちのお子さんのお話だそうですが、皆様も電車の中でこの様な場面に接することがあると思います。今回この作品を読んで、「そうだったんだ、楽しかったんだね」という発見とともにその笑顔の様子が浮かんで優しい気持ちになれました。次の宅見さんの作品は、まさに私自身と息子のやり取りに重なります。絵文字やスタンプは早くて簡単ですがどこか寂しい。やぱり文字による言葉、さらに手書きの手紙文は、要件だけではない「書き手の気持ち」までも噛みしめることができ、いつの時代にも代えがたい大切な伝達、手段だと思います。次に会社員の立場から選ばせていただきました二作品です。齋藤さんの作品ですが、こちらはテレワーク中のご主人の笑顔をご覧になった時の気持ちを表したものです。昨今の生活に密着した内容であり、奥様のお気持ちが伝わりました。辰田さんの「お父ちゃんへ」は最後の「ありがとう」が染みました。良く詠んでいただいたと、住友グループ会社員一同から感謝の意を表しつつ、住友賞に選ばせていただきました。

たくさんの素敵な作品に出逢うことができ、応募者の皆様に感謝します。

（入賞者発表会講評より要約）

坂井青年会議所賞

「天ごくのおとうと」へ

わたしのえがおは天《てん》ごくにとどいてる？
二《ふた》つのえくぼかわいいでしょ？
一《ひと》つあげよっか？

出店　叶愛
福井県　7歳　小学校2年

「慎吾」

「天ごくのおとうと」へ

わたしのえがおは
天ごくにとどいて
る？二つのえくぼ
かわりいでしょ？
一つあげよっか？

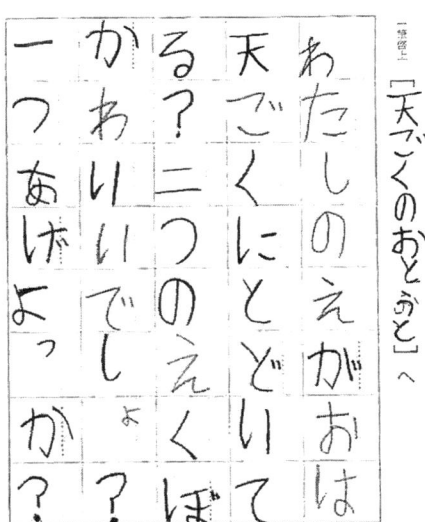

「びょういんの先生」へ

わたしは、自分《じぶん》の名前《なまえ》が大《だい》すき。
会《あ》うと、ニコニコにこちゃんって
よんでくれるから。

寺前　にこ
福井県　9歳　小学校3年

一筆啓上

「びょういんの先生」へ

わたしは、自分の名前が大すき。会うと、ニコニコにこちゃんってよんでくれるから。

「おとなのは」へ

まえば二《に》ほん、はやくはえてきて。
しちごさんのしゃしん、
にこにこできないでしょ。

池田 愛和
福井県 6歳 小学校1年

一篇啓上

「おとなのは」へ

まえば二ほん、はやくはえてきて。しあごきんのしゃしん、ににこにこできないでしよ。

「ママ」へ

平日《へいじつ》の朝《あさ》、
ママのえがおが、十秒《じゅうびょう》つづけば、
世界《せかい》はみんな、
平和《へいわ》になると思《おも》います。

山本 真尋
福井県 8歳 小学校3年

一筆啓上 「ママ 」へ

平日の朝、ママのえがおが、十秒つづけば、世界はみんなが、平和になると思います。

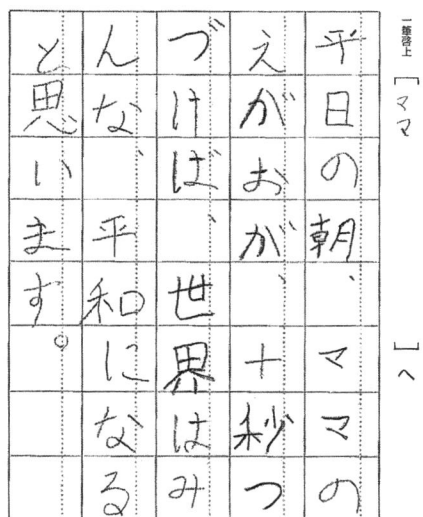

「おとうと」へ

うまれて2か月《げつ》、
かぞくのえがおが、ふえました。
この手《て》がみいつ読《よ》めるかな。

山西　あおい
福井県　8歳　小学校2年

一筆啓上 [おとうと]へ

うまれて2か月、かぞくのえがおが、ふ、えました。この手がみいつ読めるかな。

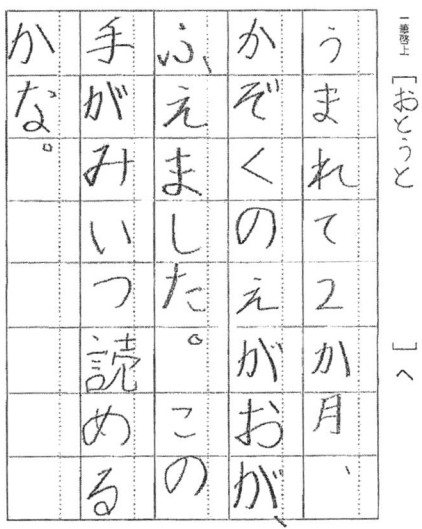

佳作

「君」へ

どんな時《とき》でも笑顔《えがお》でいる君《きみ》。
初《はじ》めて僕《ぼく》の前《まえ》で流《なが》した涙《なみだ》は
『限界《げんかい》』のサインだったんだね。

川合 七葉
北海道 17歳 高校3年

「お母さん」へ

分《わ》からない勉強《べんきょう》を教《おし》えてもらった。
二人《ふたり》ともわからなくなり、
いっしょに大笑《おおわら》いをした。

サイ ペンディ
北海道 9歳 小学校4年

「学生時代の教師」へ

「お前《まえ》は笑顔《えがお》がいい」
と言《い》われたけれど、
他《ほか》に取《と》り柄《え》がなかった
ということでしょうか。

穂苅 敏
北海道 56歳 会社員

「いつも頑固なお父さん」へ

一年一度《いちねんいちど》の慌《あわ》てる姿《すがた》は
家族《かぞく》の最高《さいこう》の笑顔《えがお》の素《もと》。
だから忘《わす》れても可《か》！
「今日《きょう》は結婚記念日《けっこんきねんび》」

結婚して40年目。今年の10月4日もやはり忘れていました。いつも謝らないタイプなのですがこの時ばかりは神妙な顔になるので、家族ぐるみで「夜に教えよう。」ということになりました。

屋代 まゆみ
北海道 60歳 主婦

「両親」へ

県大会出場決定《けんたいかいしゅつじょうけってい》したのにさ、
なぜ、笑顔《えがお》よりも驚《おどろ》きが多《おお》いの？

池田 成美
青森県 中学校1年

「ママ」へ

「食《た》べてる時《とき》が、一番《いちばん》いい顔《かお》だね。」

私《わたし》を太《ふと》らせる悪魔《あくま》の一言《ささやき》。

だから、もう禁句《きんく》だよ?

佐藤　光璃
青森県　16歳　高校1年

食べてる時が一番幸せそうな顔をしているそうです。母を喜ばせるためにたくさん食べていたら今度は「太ったね。少し食べるのやめな?」と言われました。いろいろ矛盾している母です。

「親友」へ

君《きみ》が言《い》ってくれたのは
「大丈夫《だいじょうぶ》？」じゃなく「大丈夫《だいじょうぶ》！」
それだけで私《わたし》は笑顔《えがお》でいれたよ

田中　樹莉
青森県　14歳　中学校3年

「廊下で声をかけた、おちゃめな生徒」へ

おーい、そこの君《きみ》って呼《よ》びかけたら、
どこの君《きみ》ですかと笑顔《えがお》で振《ふ》り向《む》いた
君《きみ》の名《な》を教《おし》えて

千吉良 岳
青森県 58歳 教員

「おじいちゃんおばあちゃん」へ

まいにちせおっていくランドセル。
かえるときにはたのしかったことで
いっぱいになるよ

渡邊　愛子
青森県　7歳　小学校1年

「妻　みや子さん」へ

「心《こころ》が美《うつく》しいから好《す》き」と告白《こくはく》
笑《わら》いながら「顔《かお》は？」との返事《へんじ》。
もっと好《す》きになりました

みや子さんは浜育ちで大工の娘、結婚四十年をむかえた婦唱夫随のコンビです。

吉川　弘
岩手県　76歳

「嫁いだ娘」へ

お父《とう》さんとお兄《にい》ちゃんでは、
笑《わら》いのツボが一致《いっち》しないのよ。
会《あ》いに来《き》てちょうだいよ。

娘とは友だちの様な関係で過ごして来ました。
嫁いでから私は虚無感を味わい笑っていないみたいです。

林 恵子
宮城県 57歳 主婦

「娘」へ

マスク外《はず》し
二《に》メートルの距離《きょり》で糸電話《いとでんわ》、
孫《まご》も婆《ばば》も嬉《うれ》しそうです。

今野　芳彦
秋田県　73歳

「ばあば」へ

くるくるパーマのあたま。
へんてこりんなうたを歌《うた》って
笑《わら》わせてくれる
ばあばだいすき。

泉田　陽大
福島県　6歳　小学校1年

「友達みんな」へ

私《わたし》の笑顔《えがお》は
仮面《かめん》をつけた嘘《うそ》の笑顔《えがお》です、
ごめんね。
でもいつか、
本当《ほんとう》に笑《わら》えるといいな。

佐藤　靖華
福島県　15歳　中学校3年

「青空の息子達」へ

再会《さいかい》は、涙混《なみだま》じりの笑顔《えがお》かな。
思《おも》い出《で》と共《とも》に精一杯《せいいっぱい》生きるよ。
虹《にじ》のたもとで待《ま》っててね。

亡くなった息子達にただ　ただ会いたい思いで書きました。
毎日を一生懸命に生きて、いつか必ず笑って再会したいです。

星　みゆき
福島県　48歳　自営業

「父親」へ

父親《ちちおや》は美人《びじん》でないけど
笑顔《えがお》はかわいいというけど
美人《びじん》でないけどはいらなくない？

渡部　響子
福島県　13歳　中学校2年

「元気をくれる夫」へ

笑顔《えがお》で幸《しあわ》せにしているつもりだったけど、
笑顔《えがお》にしてもらえる私《わたし》の方《ほう》が
幸《しあわ》せなのかもね。

栗久保　由美
茨城県　47歳　公務員

「ぼくいがいのみなさん」へ

言《こと》ばがわからなくても
ニコッとわらうと仲《なか》よくなれる。
えがおは心《こころ》と心《こころ》のあくしゅみたい

ことばには、日本語いがいにも、いろいろなことばがあります。たとえば、中国語、スペイン語、かん国語です。わからないことばでも、にこってわらうと、心がつうじると思って書きました。

小林 悠叶
茨城県 8歳 小学校2年

「自分」へ

パパとママのケンカ
「何様《なにさま》だ。」「奥様《おくさま》だ。」
僕《ぼく》がクスッと笑《わら》って終了《しゅうりょう》。
これ漫才《まんざい》かなぁ。

西久保 佑月
埼玉県 10歳 小学校4年

「お母さん」へ

思春期《ししゅんき》でイライラする日々《ひび》。
笑顔《えがお》で見送《みおく》る母《はは》の顔《かお》。
素直《すなお》に見《み》られない…もう少《すこ》し。

本 光希
埼玉県 12歳 中学校1年

「すれ違う人たち」へ

人々《ひとびと》の顔《かお》の下半分《したはんぶん》が
消《き》えてしまった街《まち》でも、
マスクの奥《おく》は
みんな笑顔《えがお》でありますように。

小野　千尋
千葉県　60歳　会社員

「母さん」へ

私《わたし》はね、母《かあ》さんの眉間《みけん》の川《かわ》より、
目尻《めじり》の三《さん》の字《じ》が好《す》きなんだ。
毎日《まいにち》笑《わら》わせてあげるね。

姜　藝智
千葉県　14歳　中学校2年

「ママ」へ

ママが、いつもニコニコしているから、
世界一《せかいいち》だいすきです。
パパは、二《に》ばんめです。

内藤　楽
千葉県　7歳　小学校2年

「自分」へ

苦《くる》しい時《とき》はカレーライスを思《おも》い出《だ》せ。
そしたら、笑《え》顔《がお》になれるぞ。

飯野　匡祐
東京都　11歳　小学校6年

ぼくはカレーが好きなので、これを食べるぞ。

「写真館のおっちゃん」へ

「そんな虫歯《むしば》がうずいたような顔《かお》しない」
そう言《い》うけど、
私《わたし》は素敵《すてき》に笑《わら》っていたつもり。

岩瀬 怜
東京都 41歳 会社員

就職試験の履歴書用の写真を撮りに近所の写真館へ。
「はい、笑って」カメラマンの声に、私なりに精一杯応えたつもりだったのだけど…

「亡くなったおばあちゃん」へ

悲《かな》しい時《とき》こそ笑《わら》え。
その教《おし》えを葬式《そうしき》で試《ため》したけど、
しょっぱいなあ。
笑《わら》いながら泣《な》くと。

生前、祖母は言っていた。厳しい時代を生きてきたからこそなのだろう。
あなたの笑顔が恋しくて遺影の前で教えに従ったけど、やっぱり涙は止められなかった。
無理に笑った口から、とめどなく涙がなだれ込んできたよ。

岩瀬 怜
東京都 41歳 会社員

「おとうと」へ

あなたのえがお！
かわいすぎて目《め》がはなせません。

荘原　可鈴
東京都　5歳　幼稚園

「友」へ

朝帰《あさがえ》りをして
奥《おく》さんに満面《まんめん》の笑《え》みで迎《むか》えられた?
それはもう、崖《がけ》っぷちだよ。

室　裕紀
東京都　43歳　会社員

妻の笑顔は、時にはこわいこともあります。

「40才の息子」へ

むかし、天丼《てんどん》の大《おお》きなエビ天《てん》みたきみの〝うふ！〟の笑顔《えがお》、忘《わす》れない。

渡邊 千鶴子
東京都 68歳

我が家のエビ天は小さかったのでしょうか。外食で食べた天丼のエビ天の大きさに目が点になった様です。

「孫の蓮君」へ

照《て》れちゃった。
元旦《がんたん》に「ばっちゃは笑顔《えがお》が美《うつ》しい」なんて
五才《ごさい》の君《きみ》に褒《ほ》められてさ。

有井 誠子
神奈川県 74歳 主婦

毎年正月に息子家族が帰省するのですが、孫の蓮君が五歳の時。なぜか朝突然「ばっちゃは美しい。顔が美しい。笑顔が美しい。髪の毛が美しい」とほめまくり、大いに照れた私です。蓮君も今は中一になりました。

「自衛官の夫」へ

あの時《とき》あなたに見《み》せた笑顔《えがお》は、
私《わたし》の覚悟《かくご》です。
こっちは任《まか》せて！
心配《しんぱい》いらないよ！

ソマリアへ海外派遣へ向かう主人を岸壁で見送る時、家のこと、子供達のことは私に任せて、心配しないでねという思いです。

東　由紀
神奈川県　48歳　会社員

「5才になった娘」へ

「私《わたし》が百歳《ひゃくさい》になったらママは何歳《なんさい》?」
涙《なみだ》が出《で》るほど無邪気《むじゃき》な笑顔《えがお》
その時《とき》まで全力《ぜんりょく》で守《まも》るよ

安保　敦世
神奈川県　35歳　主婦

子供との会話。そのとき私は「あなたが百歳だったら、ママはお空かなあ」と笑って答えた。

そうか、この子と一緒にいられる時間は限りあるんだ。

尊いこの時間を温かい涙をこらえ、感じた瞬間でした。

「君」へ

笑《わら》えないよ、君《きみ》だけが笑《わら》ってる、
クラスメイトは泣《な》いてるよ、
笑《わら》っているのは写真《しゃしん》だけ。

加藤　泰成
神奈川　15歳　中学校3年

笑っている写真は「君」です。写真は遺影です。

「じいじとばあば」へ

二年生《にねんせい》になって、
うまれてはじめて歯《は》がぬけたよ。
今《こん》ど、イーッてして見《み》せてあげるね。

桐山　元康
神奈川県　7歳　小学校2年

四〇〇グラムで産まれ、超未熟児として育ってきましたが、無事、小学校にも慣れてきています。まだ園児体型なので、歯が抜けるのは先かと油断していましたが、本人もビックリだし痛かったし…。でもみんなに見せると喜ぶからと、片っ端から見せびらかしています（笑）。

「君」へ

頑張《がんば》ってなんていないのに、
君《きみ》に笑顔《えがお》を向《む》けられると、
なぜか頑張《がんば》った気《き》になります。

長澤 星
神奈川県 14歳 中学校3年

席《せき》を譲《ゆず》ってくれた強面《こわもて》のお兄《にい》さんに、
ありがとうと言《い》ったら
照《て》れた笑顔《えがお》が素敵《すてき》でした。

中村　小夜美
神奈川県　69歳　会社員

「娘」へ

嫁《とつ》いで2年《ねん》。
出戻《でもど》らないようだから部屋《へや》片《かた》づけます。
物置《ものおき》になるけど、笑《わら》って許《ゆる》してね。

中村 利江
神奈川県 55歳 団体職員

「父さん」へ

高一《こういち》で退学《たいがく》。
学校《がっこう》だけが人《ひと》を作《つく》る所《ところ》じゃないよと
静《しず》かに笑《わら》っていた父《とう》さんの顔《かお》忘《わす》れない。

長谷川 真弓
神奈川県 80歳

とんでもないとおこられると思ったが、やさしく抱きかかえられた気持。うれしかった。

「お母さん」へ

お母《かお》さんと
「介護《かいご》は続《つづ》くよ、いつまでも♪」と
共《とも》に明《あか》るく歌《うた》う度《たび》に
私《わたし》は笑顔《えがお》で頑張《がんば》れるよ

14年間、母と共に途切れることなく、身内の介護を4人分してきました。その時に「電車は続くよ、どこまでも♪」の替え歌でなるべく笑顔しようと励まし合っていた時のエピソードです。

宮久 令子
神奈川県 37歳 会社員

「世間の皆様」へ

マスクさんは、
みんなの笑顔《えがお》を隠《かく》しているのではなく、
守《まも》っているのです。お忘《わす》れなく。

マスクをすることで、自分だけでなく、誰かの笑顔も守れるかもしれません。

山田 廉
神奈川県 20歳 大学生1年

「遺失物係様」へ

彼女《かのじょ》の笑顔《えがお》、届《とど》いてませんか

森下 博史
山梨県 63歳 会社員

「一人暮らしの娘」へ

最後《さいご》に必《かなら》ずこっちを見《み》て
笑《わら》って手《て》を振《ふ》るよね。
それを期待《きたい》していつまでも見送《みおく》ってます。

一人暮らしのアパートへ帰っていく娘。少しの間の帰省で、また帰っていく娘を、
私は見送ってます。娘はいつもふり向いて手を振ってくれるからです。
娘の気持ちに触れる瞬間です。

廣瀬 雅弘
長野県 56歳 小学校教員

「母」へ

どんなに愚痴《ぐち》をこぼしても、
どんなに不満《ふまん》を言《い》っても、
あなたの遺影《いえい》は笑顔《えがお》のままです。

町田　ゆかり
長野県　63歳　自営手伝い

もっとたくさん話をしたかった。もっといろいろな所に連れていってあげたかった。

「娘」へ

いつも笑顔《えがお》で「ごめんね」を先《さき》に言《い》われ、ママは戦意喪失《せんいそうしつ》です。あなたの天性《てんせい》に脱帽《だつぼう》。

田淵　祥子
新潟県　30歳　主婦

二才の娘はいたずらが絶えません。イライラが貯って本気で叱ろうとすると、娘は、いつもの調子で（笑顔で）先に「ごめんね」を言われてしまった時の手紙です。

「認知症の父」へ

娘《むすめ》の顔《かお》も忘《わす》れたのに
笑顔《えがお》は昔《むかし》のままだね。
毎回《まいかい》貰《もら》い笑《わら》いしちゃうよ。

細川　貴子
新潟県　47歳　理容師

「母」へ

「不細工《ぶさいく》はいつも笑顔《えがお》でいるように」

母《はは》よ、あなたからもらった言葉《ことば》は

尊《とおと》い真実《しんじつ》でした。

母からこれまでに言われた言葉は、たくさんあります。なかでも二十代の初めの頃に言われたこの言葉ほど、いい意味でも悪い意味でも強烈な記憶として残り、その後の人生に役立った言葉はありません。

丸山 修

新潟県 62歳 農業

「家族」へ

妻《つま》であり母《はは》である
私《わたし》の笑顔《えがお》をお守《まも》りください。
嗚呼《ああ》どうか
私《わたし》の怒《いか》りスイッチを押《お》さないで

勘田　尚美
石川県　46歳　会社員

「娘」へ

その笑顔《えがお》の細《ほそ》めた目《め》の奥《おく》に
企《たくら》みがあることはわかっていますよ。
次《つぎ》はゲーム？お寿司《すし》？

白江　文夫
石川県　47歳　会社員

「年頃の娘」へ

笑顔《えがお》は心《こころ》と体《からだ》のバロメーター。
帰宅《きたく》した娘《むすめ》を静《しず》かに測定中《そくていちゅう》。
これが母《はは》の大事《だいじ》なお仕事《しごと》だよ

大好きな娘の笑顔は　私にとってなによりの宝物です。この笑顔を守ることが私にとっても大事な仕事といっても過言でないと思います。

浅井　純代
福井県　46歳　会社員

「大好きなあなた」へ

いつか、あなたの笑顔《えがお》の理由《りゆう》になりたい。

荒木　さくら
福井県　15歳　中学校3年

「おじいちゃん」へ

会《あ》えないからと、
図書券送《としょけんおく》ってきてくれた。
おじいちゃんの
笑顔《えがお》つきじゃなきゃつまらん

井元　美咲
福井県　11歳　小学校5年

「はみがき」へ

はみがきをするといつも笑顔《えがお》の顔《かお》になる。
朝昼夜《あさひるよる》笑顔《えがお》にしてくれてありがとう。

内田　安南
福井県　11歳　小学校6年

前歯をみがくといの口の形になるんですね。そうすると、笑ってみえるのでいつも笑っている。ありがとう。とゆうことです。

「お兄ちゃん」

お兄《にい》ちゃん気付《きづ》いてるかな。
お兄《にい》ちゃんが歌《うた》うと家族《かぞく》が全員《ぜんいん》、
笑《わら》い出《だ》す事《こと》に。

加賀　和杜
福井県　16歳　高校1年

「おかあさん」へ

おかあさんのうれしいかおがみたいから、
きょうはこっそりちゃわんあらい。

北田　美羽
福井県　7歳　小学校1年

「母ちゃん」へ

俺《おれ》が反抗《はんこう》すると
「えっ！ついに反抗期《はんこうき》？」と
笑顔《えがお》の母《かあ》ちゃん。
もう反抗《はんこう》する気《き》は0だよ。

加藤 虎之介
福井県 15歳 高校1年

「妻へ、夫へ」

「おまえのその笑顔《えがお》に何度《なんど》いやされた事《こと》か」
「あなたのその笑顔《えがお》に何度《なんど》だまされた事《こと》か」

小林　良嗣
福井県　76歳

笑顔はみんな困ったことは忘れます

「お母さん」へ

「笑顔《えがお》でいてくれればそれで充分《じゅうぶん》」
と言《い》うけど、
勉強《べんきょう》と運動《うんどう》できなくても大丈夫《だいじょうぶ》？

齊藤　光来
福井県　10歳　小学校5年

「もうすぐ二歳の息子」へ

玄関《げんかん》まで駆《か》けてくるまんまるの笑顔《えがお》。
待《ま》っててね、
今日《きょう》もお月様《つきさま》の時間《じかん》に帰《かえ》るから。

玄関を開ける音で「おとしゃん、かえってきた！」と満面の笑みで駆けてくる息子。一日の疲れが癒される瞬間。君のおかげで、私たち家族は毎日幸せです。

佐藤 克幸
福井県 42歳 公務員

「結子ちゃん」へ

曽祖母《ひいばあ》ちゃんは、
エレベーターで天国《てんごく》へ行《い》くの、
と言《い》ったから皆《みんな》笑顔《えがお》でお別《わか》れできたよ

澤﨑　純子
福井県

「カメラマンさん」へ

「はい、笑《わら》って」でする笑顔《えがお》ほど
難《むずか》しい笑顔《えがお》はありません。

竹村　友杜
福井県　17歳　高校3年

「神様」へ

コロナウイルスで消《き》えてしまった
みんなの笑顔《えがお》は、
ぼくのおこづかいで買《か》えますか。

土岐 陽太
福井県 10歳 小学校4年

「父さん」へ

鬼《おに》の父《とう》さん、今日《きょう》の笑顔《えがお》はどうしたん？
何《なに》かあったん？
おれ、食《た》べられてまうんやろか？

仲嶋　晴哉
福井県　11歳　小学校6年

「犬のモカ」へ

しっぽの動《うご》きや歩《ある》き方《かた》、
大《おお》きな瞳《ひとみ》の輝《かがや》き方《かた》で
君《きみ》の笑顔《えがお》が分《わ》かってきた。
散歩《さんぽ》へ行《い》こうか。

森石　梨奈
福井県　18歳　高校3年

「遠距離のあなた」へ

「笑顔《えがお》が見《み》たい」って
いきなりTV電話《でんわ》にするのやめて。
女《おんな》にはいろいろ事情《じじょう》があるの。

山岸 千景
福井県 59歳

「父」へ

「ハイ、チーズ」て真顔《まがお》になる父《ちち》。
撮《と》り終《お》えた後《あと》でほっと笑《わら》う父《ちち》。
普通《ふつう》、逆《ぎゃく》でしょ。

大野 文莉
岐阜県 14歳 中学校2年

「ひよこぐみのママ」へ

お迎《むか》えの時《とき》の、小躍《こおど》りしての笑顔《えがお》。
あーあ、逆立《さかだ》ちしても、
到底《とうてい》ママ達《たち》にはかないません

あれ、確か、先生が一番好きと言っていたよね…。

正村 まち子
岐阜県 72歳 保育士

「はる君」へ

「好《す》きな子《こ》が出来《でき》たので、
先生《せんせい》とは結婚《けっこん》できません」
泣《な》き真似《まね》したけど可愛《かわい》くて笑《わら》えたよ

正村　まち子
岐阜県　72歳　保育士

何十回ものプロポーズ嬉しかったよ。三歳だったはる君はもう中学生だよね。
今でもしのちゃんとはラブラブですか?

「施設長」へ

「接遇《せつぐう》の基本《きほん》は笑顔《えがお》だ」って、
そんな形相《ぎょうそう》で言《い》われても…。

福井　洋明
静岡県　48歳　団体職員
（特別養護老人ホーム）

「孫」へ

「じいちゃんえ」の文字《もじ》と
髪《かみ》のある笑顔《えがお》のじいちゃんが
描《か》いてあるハガキ。宝《たから》だよ。

柳谷 益弘
静岡県 78歳

「ぼくのサッカーボール」へ

行《い》け、ゴールへ飛《と》んで行《い》け。
ぼくへ、最高《さいこう》の笑顔《えがお》をプレゼントしてくれ。

良知　泰誠
静岡県　9歳　小学校4年

「婿さん」へ

毎日《まいにち》駄々《だだ》こねて泣《な》き喚《わめ》く孫《まご》に
号泣《ごうきゅう》キャンペーンと命名《めいめい》。
皆大笑《みなおおわら》い。そのセンスいいね！

小川　邦子
愛知県　62歳　会社員

「入院患者さん」へ

「あんたの笑顔《えがお》見《み》ると病気《びょうき》治《なお》るわ」

新米《しんまい》ナースの私《わたし》に声援《せいえん》くれましたね。

昔《むかし》、昔《むかし》のこと。

広林 幸子
愛知県 79歳 主婦

「子供たち」へ

高《こう》3と高《こう》1の無口《むくち》な兄妹《きょうだい》、
でも居間《いま》から聞《き》こえる笑《わら》いのツボは、
一緒《いっしょ》で母《はは》は幸《しあわ》せです。

普段は、やはり大きくなってきて会話が少ないのですが、お笑い番組を見ている2人は声を出して一緒の所で笑っていて、みているこちらまで笑顔になってしまいます。

上野　由香里
三重県　52歳　主婦

「天国の貴方」へ

出会《であ》った日《ひ》、
初《はじ》めてなのに、ずっと貴方《あなた》は笑顔満開《えがおまんかい》
さてはおぬし、一目惚《ひとめぼ》れしたな（笑《わらい》）

杉本　百江
三重県　65歳　主婦

今から三十三年前に元夫と出会いました。初めてなのに、なぜずっと笑っているのか、不思議でした。大恋愛で結婚したのに…。訃報を聞いて初めてどんなに大切な人か気づきました。

「星になった母さん」へ

あの日《ひ》から　笑《わら》えなくなった私《わたし》の夢《ゆめ》の中《なか》に
笑《わら》って会《あ》いに来《き》てくれて　ありがとう。

松本　文子
三重県　62歳　会社員

一番大切な人を亡くしてしまった失望感。
笑えなくなった私より先に母は夢の中で笑っていてくれました。

「お父さん」へ

なんでそんな笑《わら》って
おやすみって言《い》うねん…。
今《いま》になって、
やっと分《わ》かって泣《な》きそうや。

仲野　由羽
京都府　26歳　教師

思春期には、父がうれしそうに、酒の臭いをただよわせて「おやすみ」「おはよう」と言っているのが嫌で不思議でした。何がそんなにうれしいんだ…と。ただのあいさつでさえも愛しく思ってくれていた。そんな愛の深さを、亡くなった今、感じます。

「母」へ

母《はは》の笑《え》顔《がお》はむずかしい。
励《はげ》ましの笑《え》顔《がお》か、あきらめの笑《え》顔《がお》か、
母《はは》の笑《え》顔《がお》は僕《ぼく》しだい。

那須　啓人
京都府　12歳　小学校6年

「妻　道代さん」へ

断捨離《だんしゃり》で身《み》のまわりを整理《せいり》して分《わ》かった。
最後《さいご》まで残《のこ》しておきたいのは
君《きみ》の笑顔《えがお》だけだ。

打浪　紘一
大阪府

「わが人生」へ

笑顔《えがお》の思《おも》い出《で》を訪《たず》ねてみたら、
出《で》るわ出《で》るわ。
結構《けっこう》いい人生《じんせい》だったんだ。

一筆啓上のおかげで、人生を振り返ることができました。合掌。

竹下 守雄
大阪府 69歳

「おばあちゃん」へ

ジョーカーをひいたとき
おばあちゃんの笑顔《えがお》のカードも
一緒《いっしょ》にひけるのがうれしいです。

いつもいそがしいのにトランプをしてくれるのがうれしいです。

東　あこ
大阪府　9歳　小学校4年

「新入社員」へ

課長《かちょう》の笑顔《えがお》にだまされるな！
あの顔《かお》は、残業《ざんぎょう》の合図《あいず》だ。

松田　良弘
大阪府　45歳　会社員

「友だち」へ

あつ子《こ》ちゃんが、ぼくに
「えがおがステキ♡」と書《か》いてくれた紙《かみ》は、
ぼくの宝物《たからもの》です。

河原　宏明
兵庫県　8歳　小学校3年

あつ子ちゃんは、二年生のクラスで一緒だったお友だちです。「道とく」のじゅぎょうで、友だちのいい所みつけの時、ぼくのことを「えがおがステキ♡」と書いてくれました。ぼくは、そのことがとてもうれしかったので、今でも、その紙をずーっと大切にしています。

「妻」へ

その愛《あい》くるしい
邪険《じゃけん》のない笑顔《えがお》に魅《み》せられて
結婚《けっこん》したけど、甘《あま》かった。

木村 武雄
兵庫県 67歳

「意中の人」へ

僕《ぼく》の笑顔《えがお》は滅多《めった》に見《み》られません。
何故《なぜ》なら貴女《あなた》を落《お》とす時《とき》の
とっておきの切《き》り札《ふだ》だから。

男たるものへらへら笑いすぎていてはいけないのかもしれません。
ただ、僕は笑顔になるのがあまり得意ではありません。緊張もあると思います。
そんな中、ここぞという時の笑顔で意中の人をモノにする（したい）のです。

鈴木　滉一
兵庫県　22歳　大学院1年

「お母さん」へ

お母《かあ》さんへ
僕《ぼく》は怒《おこ》られている時《とき》よりも
作《つく》り笑顔《えがお》の方《ほう》が
よっぽど恐怖《きょうふ》を感《かん》じます。

藤田 律輝
兵庫県 12歳 中学校1年

「むすめ」へ

どれだけ大《おお》きな声《こえ》で泣《な》かれても
貴女《あなた》のにこーってイチコロ
抱《だ》っこさせていただきます

娘はものすごく大きな声で泣きます。でも笑顔はたまりません。
抱っこさせてもらえるのも今のうち、大切にしたいと思います。

村上 春菜
兵庫県 31歳 公務員

「友達」へ
笑顔《えがお》は、つくれますか？
ぼくは、つくるのが苦《にが》てです。

吉村 拓人
奈良県 11歳 小学校6年

「井上正也様」へ

久久振《ひさびさぶ》りにおはぎを作《つく》る、
よき出来映《できば》えに先《ま》づは笑顔《えがお》で佛壇《ぶつだん》へ

井上　小枝子
和歌山県　92歳

「父」へ

棺桶《かんおけ》の父《ちち》。
シベリア抑留《よくりゅう》・結核《けっかく》・アル中《ちゅう》・
すべてから解放《かいほう》された。
最高《さいこう》の笑顔《えがお》。

〝棺桶の中の父の笑顔〟は生前、見たことのない、初めてみる穏やかな笑顔だった。

西尾 敦
島根県 49歳

「お父さん」へ

晩年《ばんねん》の優《やさ》しい笑顔《えがお》は寂《さび》しかった。
最後《さいご》まで意地悪《いじわる》な顔《かお》して
イラつかせてほしかったよ。

母の再婚相手、血の繋がりのない父は、かなり強気な人でした。
年を取り、弱気になっていくのを見るのは寂しい気持ちでした。

富塚　みゆき
岡山県　58歳　パート

「親父」へ

親父《おやじ》は怖《こわ》い。
けれどただ、将棋《しょうぎ》を指《さ》して
追《お》い詰《つ》めた時《とき》に出《で》る
親父《おやじ》の笑《え》みは好《す》きなんだ。

松原 祥哲
岡山県 35歳

「友」へ

生《い》きてるかい？
私《わたし》は最近《さいきん》、遺影用《いえいよう》の写真《しゃしん》にと、
セルフタイマーで笑顔《えがお》を練習《れんしゅう》しているよ。

渡邉 光子
岡山県 68歳 パート

そろそろ終活を考えるお年頃になりました。
終活に余念のないしっかり者の友人へ宛てて近況の便りを書きました。

「事あるごと絵手紙で近況を知らせてくれた母」へ

「いつもその笑顔《えがお》でいてね」

最後《さいご》のハガキに書《か》いてあった。

毎日読《まいにちよ》んで毎回泣《まいかいな》いています

齋藤　りか
広島県　57歳　自営業

「おばあちゃん」へ

ピアノの練習中《れんしゅうちゅう》に
これ弾《ひ》いてと言《い》う
満面《まんめん》の笑《え》みのおばあちゃん。
さては演歌《えんか》の楽譜《がくふ》だな。

藤田 彩実
広島県 14歳 中学校2年

おばあちゃんは演歌が好きで、よく私や妹に弾いてと言ってきます。そして横で歌っています。

「お客様」へ

「戦《たたか》ってくれてありがとう」

レジの帰《かえ》りぎわに一言《ひとこと》。

涙《なみだ》をこらえて笑顔《えがお》で一言《ひとこと》ありがとう

山中　なおか
山口県　21歳　薬局店員

薬局で働いています。日々コロナウイルスの不安もある中で、お客様からの帰りぎわの「ありがとう」のひとことに、とてもはげまされ、自然と笑顔になることができました。その時の思いです。

「華菜《はな》ちゃん（孫）」へ

お風呂《ふろ》の指名《しめい》「じいちゃんと」は
パパの「おとうさんと」の時《とき》より
うれしいかな

龍﨑　秀治
山口県　62歳

「目《め》が覚《さ》めて泣《な》いたのは
もう居《い》ない君《きみ》と一緒《いっしょ》に笑《わら》っていたから」

幸田　光枝
徳島県

息子を亡くして15年です。夢の中で楽しそうに笑って話してました…

「嫁ぐ娘」へ

助手席《じょしゅせき》から降《お》りて来《き》た君《きみ》は
顔中《かおじゅう》が笑《わら》っていたね。
その時《とき》、君《きみ》を手放《てばな》す決心《けっしん》がついたんだ。

中上 安妃子
徳島県 60歳

車の助手席から降りてきた娘の本当にうれしそうな顔。はじめて見る素敵な笑顔でした。
好きな人の側にいる幸せ、それが身体からあふれ出ているような、そんな笑顔の娘でした。

「自分」へ

アンチエイジングも、
そろそろ焼《や》け石《いし》に水《みず》。
笑《わら》い皺《じわ》の似合《にあ》うばあさんになってやろ！

瀬野　美千代
愛媛県　59歳　公務員

「娘」へ

ケンカをしてはや三《さん》ヶ月《げつ》。
謝《あやま》れません。
母《はは》の笑顔《えがお》で察《さっ》してください。
仲直《なかなお》りしたいのよ～

島内 貴美
高知県 55歳

ケンカをしたまま謝ることができず、はや三ヶ月。娘から謝ってくれたらすぐ私も謝るのに…。
娘もそう思っているのでしょうか。早く仲直りしたいのに…。

「弟」へ

家族《かぞく》が笑顔《えがお》になったけど
漢字《かんじ》の勉強《べんきょう》しいや。
神戸《こうべ》を「かみど」って読《よ》むな。

ドライブ中に車のナンバーをみていたとき、神戸をみてうちの弟が「かみど」と言って家族みんなが笑いました。

増井 虎汰郎
高知県 14歳 中学校3年

「大好きなともあきさん」へ

72才《さい》の誕生日《たんじょうび》一人《ひとり》で祝《いわ》いました
ニコニコ笑顔《えがお》の貴殿《きでん》の写真《しゃしん》を前《まえ》において
カンパイしました

守田　美津子
福岡県　72歳

「父」へ

大嫌《だいきら》いな幼稚園《ようちえん》の見送《みおく》りで「ニコちゃんでね。」と手《て》を振《ふ》ってくれたお父《とう》さん、会《あ》いたい。

若くして他界した父。母と「もっとお父さんといろんな話がしたかったね。」と時々話しています。父がいる幸せを感じています。

山崎　壱子
福岡県　55歳　公務員

「ばぁば」へ

ぼくは死《し》んだじぃじににてるんだよね？

じゃあ、ぼくがばぁばを笑顔《えがお》にできるね!!

今村　羽玖
長崎県　9歳　小学校3年

四年前に父が亡くなり、独りぼっちになった母に寄り添い続ける息子。その優しさ、雰囲気、くせなどが父と重なるようで、「羽玖はじぃじにそっくり」っていつも嬉しそうに言っています。

「息子」へ

「はぁ、しわよせー。」
ちょっとおしいあなたの一言《ひとこと》を聞《き》いて
眠《ねむ》りにつく毎日《まいにち》が母《はは》は幸《しあわ》せ。

思ったことを素直に口に出し、大人の真似をして、ちょっと惜しい言い間違いをする息子。
その一言がいつも、家族を笑顔にしてくれます。
そろそろ「しあわせ」ってしゃべれそうでそれも惜しい気がしています。

石井　有希子
熊本県　36歳　小学校教諭

「友達」へ

あいさつの声《こえ》は、
友達《ともだち》のほうが大《おお》きいが、
笑《わら》い声《ごえ》は、わたしのほうが大《おお》きい。

磯本　彩歌
熊本県　10歳　小学校4年

「おばあちゃん」へ

私《わたし》が幼稚園《ようちえん》でキリギリス役《やく》をした話《はなし》。
満面《まんめん》の笑《え》みで話《はな》すけど、
六十回《ろくじゅっかい》くらい聞《き》きました。

猪野　春香
熊本県　17歳　高校2年

「お母さん」へ

笑顔《えがお》でテストどうだったと
聞《き》くのはやめてください。
僕《ぼく》の顔《かお》がその答《こた》えです。

岩﨑 青空
熊本県 16歳 高校2年

「大学生の皆様」へ

ボランティアの皆様《みなさま》の汗《あせ》と笑顔《えがお》に、
家族一同立《かぞくいちどうた》ち直《なお》る勇気《ゆうき》と力《ちから》を
頂《いただ》くことが出来《でき》ました。

久保田　睦雄
熊本県　89歳

「兄」へ

ゲームで卑怯《ひきょう》な戦法《せんぽう》で勝《か》ちまくってさ、手《て》をたたいて笑《わら》ってんじゃあねえよ。

黒木 麻衣
熊本県 17歳 高校2年

「お母さん」へ

卒寿《そつじゅ》を過《す》ぎて自分《じぶん》のことを
「おとぼけ大明神《だいみょうじん》」と笑《わら》い飛《と》ばす
お母《かあ》さんは私《わたし》の目標《もくひょう》です。

古田 知子
熊本県 67歳

「母親は一家の太陽」が口癖の母はどんなときも笑顔を絶やさない人ですが、九十歳を過ぎて何でも忘れてしまったり、失敗したりすることが増えました。けれど、そんなとき「私はおとぼけ大明神」といまだに家族を笑わせます。

「妻」へ

「私色《わたしいろ》に染《そ》めちゃる」

笑顔《えがお》で告《つ》げられ結婚《けっこん》25年《ねん》。

元《もと》が濃《こ》かった分《ぶん》、染《そ》めるの苦労《くろう》したろ。

山本 芳生
宮崎県 49歳 会社員

結婚にふみ切れないでいる自分に、逆告白のような感じで「私色に染めちゃる」と言ってくれ、結婚に至りました。それからもうすぐ25年となります。もともと、個性が強く、プライドも高く、妻には、本当に色々とお世話になってきました。今では、完璧に尻に敷かれ、妻が在るから私も日々を笑顔でおくれます。この様な、一筋縄ではいかない私を、本当に、よく、ここまで妻が手なずけたなぁ、自分色に染めたなぁと、まるで他人事の様に感心し、同時に大感謝してます。

「おとうと」へ

けんかをしていても、
一本《いっぽん》ぬけたかわいいはが見《み》えると、
笑《わら》っちゃう。
いつもぼくのまけ

家村　直和
鹿児島県　8歳　小学校2年

「お姉ちゃん」へ

お姉《ねえ》ちゃん必死《ひっし》でしかってる時《とき》
いつもかむよね大事《だいじ》なところ。
ごめんだけどわらっちゃう

田代　結菜
鹿児島県　９歳　小学校４年

「きみ」へ

どうしてだろう。病気《びょうき》かな。
君《きみ》の笑顔《えがお》だけ他《ほか》のみんなと違《ちが》って
心《こころ》がぎゅっとなっちゃう。

寺園 海人
鹿児島県 16歳 高校2年

「母」へ

「女《おんな》の化粧《けしょう》は笑顔《えがお》よ。」と言《い》っていたのに、
もう三十分《さんじゅっぷん》待《ま》ってるよ。
散歩《さんぽ》に行《い》くんだよね？

鍋山　晟吾
鹿児島県　16歳　高校1年

矛盾している母への手紙。

「妹」へ

さっきまで喧嘩《けんか》してたのに
すぐ笑顔《えがお》で忘《わす》れているね。
お姉《ねえ》ちゃんは根《ね》にもってるからね。

安竹　聖那
鹿児島県　16歳　高校1年

「友人」へ

LINEで「爆笑《ばくしょう》」って付《つ》けるけど、
本当《ほんとう》に爆笑《ばくしょう》しているの？

吉廣　愛奈
鹿児島県　15歳　高校1年

「孫」へ

私《わたし》、歳《とし》をとりました。
でも、あなたの、笑顔《えがお》は、
私《わたし》の、ぬちぐすい。

杉本　清美
沖縄県　65歳　主婦

進学ではなれた孫へエール！ぬちぐすいは、沖縄の方言、ぬち→命ぐすい→くすり、最高のもの、体にいいもの等々につかわれます。

「愛犬」へ

女性《じょせい》の訪問者《ほうもんしゃ》が帰《かえ》ったあと、
意味《いみ》ありげに
へらへらしてくるの止《や》めてくれ。
集金人《しゅうきんにん》だよ。

森山 高史
沖縄県 71歳 自営業

総評

選考委員　小室　等

今回はまず、僕の心に止まった作品から。秀作の杉下さんですが、僕のことで言うと77歳の今になってもずっと「俺っていったいどこにいるんだろう」って思っています。少年たちにアドバイスしましょう。このこととずっと付き合って下さい。付き合っていると、面白いです。問いかけこそ人生だとわかる時が来ます。人生、楽しんで問いかけていって下さい。次に子供たち、坂井青年会議所賞の5作品。まずは出店さんの作品。天国に逝ってしまった弟に向けて、いい感じの優しさですね。天国に逝ってしまった弟と、今も共に生きているという感じが良いですね。次に寺前さんの作品ですが、自分が好きと思える名前を付けてもらった、にこちゃんの幸せ。良かったね、自分の名前を好きになれて。次に池田さんの作品です。6歳にして他者の目を意識出来ているって、ある意味おませさんかもしれませんね。次に山本さんの作品ですが、10秒笑顔になることを皆が心がけていけば、世界が平和になると思った。山本さんはメディアなどで世界は平和じゃないというのを見ているんですね。だから「世界平和」という言葉を思いついてママと重ね合わせたんだね。最後に山西さんの作品ですが、生まれて2ヶ月のおとうとはこの手紙を何年あとに読めるのかなと、あおいおねえさんは8歳という歳の違いを思ってる、そのリアル感が良かった。子供たちの発想の中に、大人たちがうしなってしまった、大事なエッセンスが含まれていたと思います。

今、SNSの時代の中、手紙というのは蔑ろにされ、年賀状なども書かなくなり、あけおめで済ませてしまう。手紙を出す習慣のない人達にとっては、SNSが代替えになるということで、それはそれで良かったと思いますが、やはり手書きでしたためて、やり取りするというのは大事な文化です。もはや絶滅危惧種に挙げられそうな手紙を絶滅させないためにも、一筆啓上賞の意義は大きく、ずっと続いていってほしいなと思いました。

（入賞者発表会講評より要約）

予備選考通過者名

順不同

北海道

東 華子
大久保 怜
川下 みなみ
神田 あかり
木村 淑子
桜田 和子
髙木 智矢
高野 香
中川 初音

青森県

沖田 大志
坂岡 聖奈
鶴田 比菜奈
平戸 一華
藤田 心瑚
松坂 宥依

岩手県

阿部 桜子

宮城県

小野寺 茜名
藤巻 優子

秋田県

大石 清美
今野 芳彦
那須 厚

山形県

柏屋 敏秋
山口 真澄

福島県

上野 耕生
大槻 俊齊
小林 美月
佐久間 栞
樋口 ひとみ
渡部 優心

茨城県

鬼沢 仁志
小吹 雛乃
粕田 朱香
小森 みちる
柴沼 あずみ
直井 彩奈
吉澤 美智子

栃木県

伊澤 智子
石井 敏夫
鈴木 春徠
高橋 將人
古谷 杏子

群馬県

阿部 こころ
片山 繭子
新池谷 かおり
鈴木 伸子
瀧田 來遥
星野 七海

埼玉県

秋野 華加
五百川 智美
池上 大斗
大関 菜摘
金井 留利子
河内 真実子
栗原 順子
古開 香蓮
澤田 珠里
遠山 満江
富澤 理恵
中西 悠人
仲安 彩結
長坂 均
奈良 佐智子
奈良 佐智子
奈良 佐智子
奈良 徹
乗附 やよい
林 香澄
吉田 妙子
吉田 妙子
渡邊 美智子

千葉県

青木 茉依
池澤 剛
石井 清美
石居 久子
岩戸 麻知
小野 千尋
小野 文香
東本 将英
古澤 梨子
松永 武彦
松永 武彦
森 庄次
吉田 敬

東京都

浅井 美薫
荒井 美結
大西 真由
大貫 奈美子
大野 祐子
大橋 菜穂
大林 則子
小山 芳郎
笠原 あすか
後藤 響
小林 耕大
小林 浩子

坂元 瑛大
佐藤 智菜美
鹿川 紘
菅原 真梨子
立川 真理恵
野口 穂乃佳
バティ 香
林 慧太朗
判澤 真璃
水谷 妹香
吉岡 綾子
吉田 純志
わたなべゆう正

神奈川県

秋元 めぐみ
犬塚 淳子
内田 美也子
小野寺 美代子
加藤 新二郎
桑原 健次
白河 遥
芹沢 ももか
角森 奈々子
徳吉 伊織
長尾 貴子
仲沢 一宏
中 咲也那
橋本 理央
長谷川 真弓
廣瀬 万里子
古澤 美幸
安田 光里
山田 丹鶴子
山村 彰子
横地 拓男
吉田 勝昭

山梨県

雨宮 源吾
台原 洋

長野県

伊藤 裕子
下平 ゆみ

新潟県

井越 栄子
岩部 圭子
岩部 洋育
遠藤 則子
大嶋 拓海
小柴 康隆
小林 明江
佐藤 一俊
嶋村 真友子
中山 ともか
細川 和貴
宮下 音奏
涌井 和子
渡辺 浩子

富山県

幾島 由香里
竹浪 りえ
竹野 和子
帳山 晴菜
辻本 直子
中村 優允

石川県

浅香 裕美子
板村 真衣
出井 香織
上田 信江
岡 朝子
河合 花実
髙橋 真奈美
山本 直美

福井県

赤井 大倭
有田 小百合
いいづか 晴と
猪坂 香月
市川 幸咲
伊藤 万里子
岩﨑 愛桜
上田 千愛
馬野 マツエ
梅田 脩矢
大谷 舞
大永 夕愛
柏﨑 美里
金﨑 徹
木﨑 魁士
北川 華愛
木村 真悠
木村 亮一
小林 大晟
小林 良嗣
小林 良嗣
小林 良嗣
斉藤 美怜
坂田 聖子
佐藤 淑子
塩尻 威吹
重信 充志
清水 葵
清水 博次
清水 柚采
下村 月姫
城﨑 実桜
十佐近 寧音
修多羅 友香
高木 愛結
髙田 瑞稀
髙橋 愛唯
竹澤 泰樹
唯 裕晴
田中 智子
谷 孝盛
戸田 菊栄
冨田 翔唯
仲野 優里香
中道 美咲
南部 敏矢

福井県

丹羽 秀斗
野田 弥花
ハウカ 瑛美里
長谷川 亜美
長谷 ゆずり
はにゅう あいり
飛田 伸恵
廣瀬 尚史
福岡 優希
堀田 幸榮
松田 芽依
間宮 千鶴
向野 一愛
山内 紗希
山岸 紀久子
山下 菜香
山下 菜香
山本 宗弘
吉本 典子
渡辺 奈々

岐阜県

後藤 順
真崎 保男

静岡県

青木 いな美
赤井 丈
大石 亮志
鈴木 天輔
髙橋 京子
髙橋 文利
野沢 尚可
松下 陽子
山本 慶子

愛知県

市川 和代
今宮 美智子
川上 心寧
酒井 沙織
志賀 美穂子
庄司 香苗
宮本 琉偉
村田 典子
森永 政雄
森本 緑弥
山内 咲奈
若子 統春

三重県

稲垣 みね子
岩口 明日香
宇井 宏佑
太田 みゑ子
岡 保子
小芝 葉織
斉藤 裕子
谷口 立騎
服部 香澄
服部 香澄
平瀬 博翔
山本 典子

滋賀県

井上 琴水
井上 怜泉佳
神戸 光子
島 未来
髙畑 成希
田中 智菜実
谷口 慶帆
千代 哲雄
中島 彩名
西山 里美
廣松 奈那
吉田 惠子

京都府

相築 千弥
足立 葉月
上田 和樹
栄木 節子
大槻 裕紀子
大頭 眞一
坂下 佳歩
曾根 彰彦
竹内 佑仁
中谷 友紀
丹羽 潤美
長谷川 愛
古川 心愛
細田 茂樹
松本 俊彦
森 実生
矢谷 知美
日笠 廉介

大阪府

阿部 透真
池田 菜月
稲葉 衣麻
稲葉 橙真
井上 空音
岩永 三矢子
岩本 美奈子
榎本 愛実
岡本 佑成
加藤 寛子
河口 智子
桐野 俊敬
小谷 昇
竹下 明宏
立岡 京子
田村 駿
中田 美幸
永田 葉子
西原 由真
日隈 京華
まえだ うるわ
宮西 陽子
村山 実花
山下 裕司
山本 富三
鷲尾 千恵

兵庫県
今西 真琴
小谷 彩矢
齋藤 恒義
谷本 和夫
土井 俊幸
花澤 かおり
原 八千子

奈良県
磯野 るみ子
上嶋 丈一
小原 里香
亀田 真弓
車野 喜咲
篠﨑 恵子
篠﨑 義博
藤井 文代
松井 美保
松村 桃夏
的場 彩可
山本 美津子

和歌山県
浅尾 啓
石本 葵
伊奈 美鈴
梅田 聖子
川上 千波
川村 来未
木村 明子
竹内 文雄
竹内 ユキ子
立川 唱寛
立川 唱寛
津波 春菜
津本 明美
寺中 京子
中浴 正喜
秦 佳子
伴野 允
宮本 雪枝

島根県
寺本 美貴子
永田 美加子
盛 恵子

岡山県
宇垣 俊寿
小野 真知子
賀来 加代子
鹿野 淑子
河田 敬司
小西 英治
中川 裕美子
長渡 味土莉
松井 勢津子
山本 百合子
横山 絵里佳
渡邉 光子
渡邉 光子
渡邉 光子

広島県
江本 千浪
矢木 斗望希
岸田 賢治
さくらいまりか
髙野 英朗
田村 紗英
中山 真緒
別祖 信代
松野 和
森 将茂

山口県
谷口 百合
矢野 栞

徳島県
近藤 桃李
斎藤 照美
園尾 知世
坂東 典子

香川県
津田 まどか

愛媛県
甘粕 美和
戒能 まり子
篠﨑 良治
鳥生 良子
藤田 明
松岡 静子
眞鍋 ミチ子
三浦 有里

高知県
入交 まほ
下司 久美
戸田 芽依
前田 恵美子

福岡県
阿部 市椛
安藤 妃芽香
江野村 初輝
大賀 美穂
小倉 慶士
甲斐田 渉
木村 恭子
嶋添 康隆
高月 愛美
田篭 柊人
堤 葵瑛
永瀬 和哉
長野 櫻歌
永山 喜一
西尾 真由美
西村 柊一
野津 繁子
原 優花
花田 将生
平田 貴子
松尾 美沙
森 加奈江

福岡県

和田 竜我

佐賀県

今田 拓磨
松竹 大知

長崎県

井手 幸子
伊藤 陽音
室園 靖子

熊本県

尾方 倫太郎
白石 結万
中村 悠翔
野田 優衣飛
前田 倖花
松山 正博

大分県

小関 順子
佐藤 愛子
澤本 敬男
福山 実穂
伏下 由美恵

宮崎県

伊井 くみ子
黒木 詞未
富永 秀則
富永 秀則
長友 るみ子
肥後 昌男
水野 律子
森 のり
山下 裕子
山本 芳生
山本 芳生
吉野 咲彩

鹿児島県

有留 百華
蛭子 サヤ
假屋 美琉
川﨑 愛美留
塩田 柚希
鈴木 大輔
富沢 碧
中尾 くるみ
野瀬 みかさ
馬場 若菜
福泊 美琴
福永 行男
前田 壮一
松本 陽菜
吉國 律子

沖縄県

安里 星也
池宮 実玖
上間 優奈
大濵 優衣
我那覇 エリ子
金城 音和
椎名 裕子
染矢 真理子
松原 美江子
山内 利緒星
与那覇 美怜

カナダ

ミル 雷輝

あとがき

新型コロナウイルス感染症に翻弄され、テーマ「笑顔」の発表は、二か月も遅れての、緊急事態宣言が解除された後でした。当たり前だった日常が制約され、ライフスタイルも変化する中、家族や仲間とのつながりの大切さを実感した人も大勢いたことと思います。

普通が普通でなくなり、心が暗くなりがちでしたが、皆様からは、五万二八〇五通もの「笑顔」を届けていただきました。人との距離を保ち、マスク越しの会話では、多くの人が「笑顔」の欠乏症になっていたのかもしれません。そして、「笑顔」は時には心の潤滑油として、時には心のビタミン剤として大切なものだと、改めて感じたのではないでしょうか。

住友グループ広報委員会の皆様には、マスク着用はもちろんのこと、アクリル板に囲まれた閉鎖的な空間で、一次選考に携わっていただき、まるで届けられた「笑顔」の森をさまよっているようでした。

最終選考会は、初のリモート開催となり、モニター越しの選考会となりました。小室等さんのまとめ役のもと、佐々木幹郎さん、宮下奈都さん、夏井いつきさん、平野竜一郎さんは、手紙のイントネーションがない文字から見える、「笑顔」の物語を想像しながらの選考でした。甲乙つけがたい作品が多く、時間を忘れ、とてもお互いの距離があることを感じさせない選考会でした。

終わりに、坂井市丸岡町出身の山本時男氏が代表取締役を務める、株式会社中央経済社・中央経済グループパブリッシングの皆様には、本書の出版、並びに付帯する出版業務のすべてお引き受けくださいましたことを感謝申し上げます。また、日本郵便株式会社ならびに坂井青年会議所の皆様の一筆啓上賞へのご協力、ご支援にお礼を申し上げます。

令和三年四月

公益財団法人　丸岡文化財団

理事長　田中　典夫

日本一短い手紙「笑顔」　第28回一筆啓上賞

二〇二一年四月三〇日　初版第一刷発行

編集者――公益財団法人丸岡文化財団
発行者――山本時男
発行所――株式会社中央経済社
発売元――株式会社中央経済グループパブリッシング
〒一〇一－〇〇五一
東京都千代田区神田神保町一－三一－二
電話〇三－三二九三－三三七一（編集代表）
〇三－三二九三－三三八一（営業代表）
https://www.chuokeizai.co.jp

印刷・製本――株式会社　大藤社
編集協力――辻新明美

ISBN978-4-502-39041-8　C0095

日本一短い手紙と
かまぼこ板の絵の物語
かまぼこ板の絵のプレートが
東尋坊に飾られます。
NHKラジオ あさいちばん で紹介
尊い生命《いのち》 深い愛情 豊かな感性
中央経済社●定価 本体1,429円

日本一短い手紙と
かまぼこ板の絵の物語
第2集
公益財団法人
福井県坂井市・愛媛県西予市・丸岡文化財団 編
福井県坂井市「日本一短い手紙」 愛媛県西予市「かまぼこ板の絵」
ふみと♪絵の♪コラボ作品集 第2弾!
中央経済社

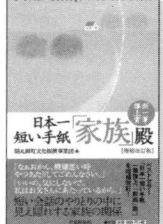

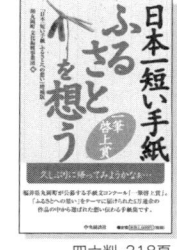

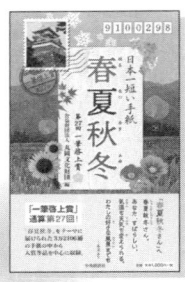

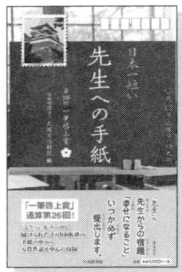

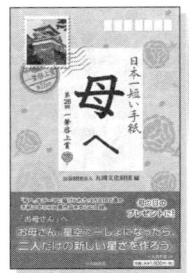

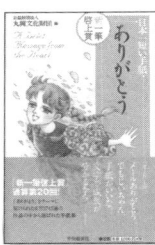

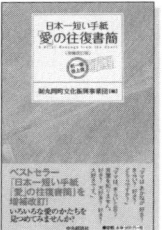

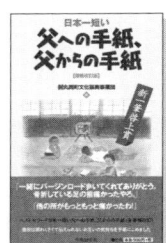

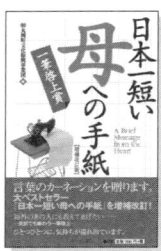

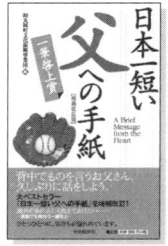

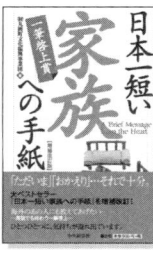

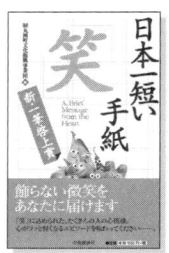

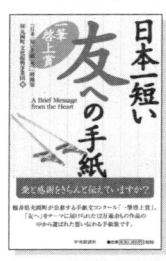

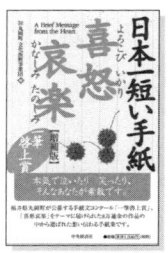

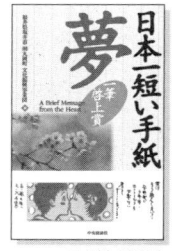

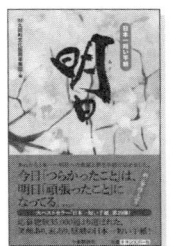

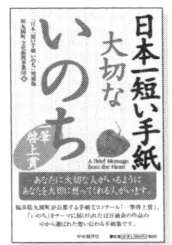

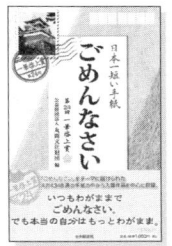

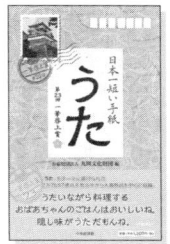

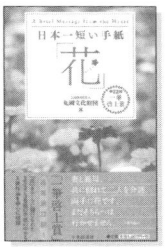

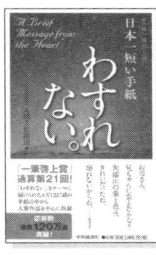

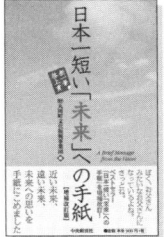

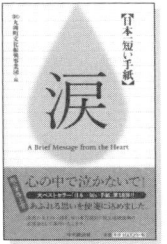

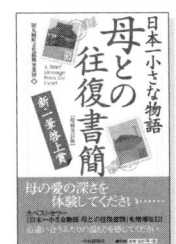

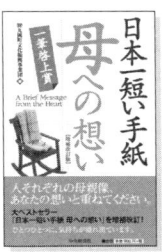

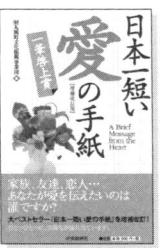

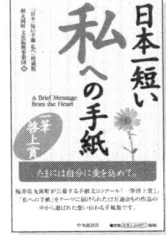